Este libro pertenece a:
This book belongs to:

....

Brimax Publishing
415 Jackson St, San Francisco
CA 94111 USA
www.brimax.com.au

FIRST FAIRY TALES

"Mi primer cuento de hadas"

Ricitos de oro y los tres ositos

Goldilocks and the Three Bears

Ilustrado por • Illustrated by

Sue Lisansky

BRIMAX

Érase una vez, papá oso, mamá oso y el pequeño osito. Ellos vivían en una casa en el medio del bosque.

Un día mamá oso hizo gachas de avena para desayunar, pero estaban demasiado calientes para comer.

"Vamos a dar un paseo mientras las gachas de avena se enfrían un poco," dijo papá oso.

    Once upon a time, there lived a Father Bear, a Mother Bear, and a Little Baby Bear. They lived in a house in the middle of the woods.

    One day, Mother Bear made some porridge for breakfast, but it was too hot to eat.

    "Let's go for a walk while the porridge cools," said Father Bear.

Ese mismo día, una pequeña niña llamada Ricitos de Oro estaba caminando por el bosque. Ella vio la casa de los tres ositos y llamó a la puerta. Nadie le contestó, así que decidió entrar. Ricitos de Oro vio los tres cuencos con gachas de avena.

Ricitos de Oro probó algunas de las gachas de avena del cuenco más grande.

"Están demasiado calientes," dijo ella. Luego comió algunas de las gachas de avena del cuenco mediano. "Están demasiado frías," dijo ella. Más tarde probó las del cuenco más pequeño. "¡Estas están perfectas!" dijo ella, y se las comió todas.

   That same day, a little girl named Goldilocks was walking in the woods. She saw the Three Bears' house and knocked on the door. There was no answer, so she went inside. Goldilocks saw the three bowls of porridge.
   Goldilocks tasted some porridge from the big bowl.
   "This one is too hot," she said. She ate some porridge from the middle bowl. "This one is too cold," she said. Then she tried some from the smallest bowl. "This one is just right!" she said, and ate it all up.

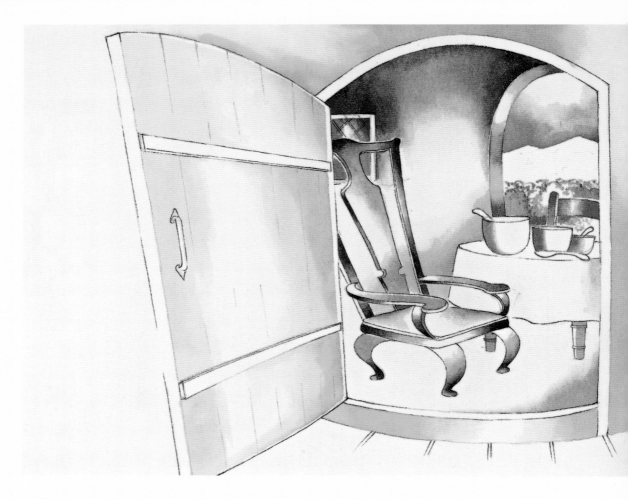

Ricitos de Oro estaba cansada después de haber caminado tanto y buscó un sitio para sentarse. Ella vio tres sillas. Se sentó en la primera silla. "Esta es muy dura," dijo ella.

Se sentó en la silla mediana, que era grande y esponjosa.

"Esta es demasiado blanda," dijo ella.

Goldilocks was tired after her walk and wanted to sit down. She saw three chairs. She sat on the first chair. "This one is too hard," she said.

She sat on the middle chair, which was big and squishy.

"This one is too soft," she said.

Luego, Ricitos de Oro se sentó en la silla más pequeña.

"¡Esta es perfecta!" Pero se movió demasiado y rompió la silla pequeña.

Ricitos de Oro subió al piso de arriba y entró en la habitación. Vio tres camas en fila. Probó la primera cama.

"Esta es demasiado dura," dijo ella.

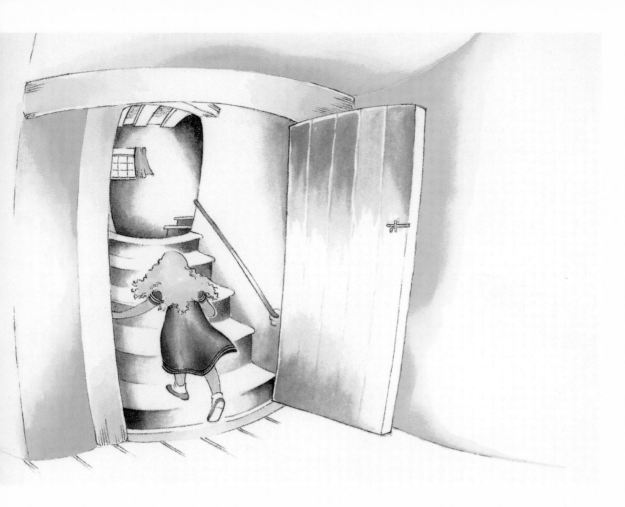

Then Goldilocks sat on the smallest chair.

"This one is just right!" she said. But she wriggled so much that she broke the little chair.

Goldilocks went upstairs into the bedroom. She saw three beds in a row. She tried the first bed.

"This one is too hard," she said.

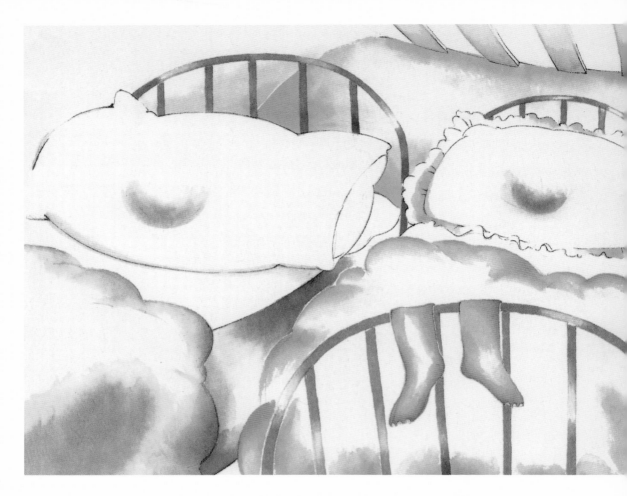

Así que probó la cama mediana. Era rosa y tenía algunos bultos.
"Esta es demasiado blanda," dijo ella.
Luego se subió a la cama más pequeña.
"¡Esta es perfecta!" Era tan cómoda que se durmió rápidamente.

So she tried the middle bed. It was pink and a bit lumpy.

"This one is too soft," she said.

Then she climbed into the smallest bed.

"This one is just right!" she said. It was so comfortable that she
fell fast asleep.

Mientras tanto, los tres ositos regresaron a casa de su paseo por el bosque muy hambrientos.

"¿Quién ha estado comiendo mis gachas de avena?" gruñó papá oso.

"¿Quién ha estado comiendo mis gachas de avena?" gruñó mamá oso.

"¿Quién ha estado comiendo mis gachas de avena?" chilló el pequeño osito. "¡No hay más!"

In the meantime, the Three Bears came home from their walk in the woods, very hungry.

"Who's been eating my porridge?" growled Father Bear.

"Who's been eating my porridge?" growled Mother Bear.

"Who's been eating my porridge?" squeaked Little Baby Bear. "It's all gone!"

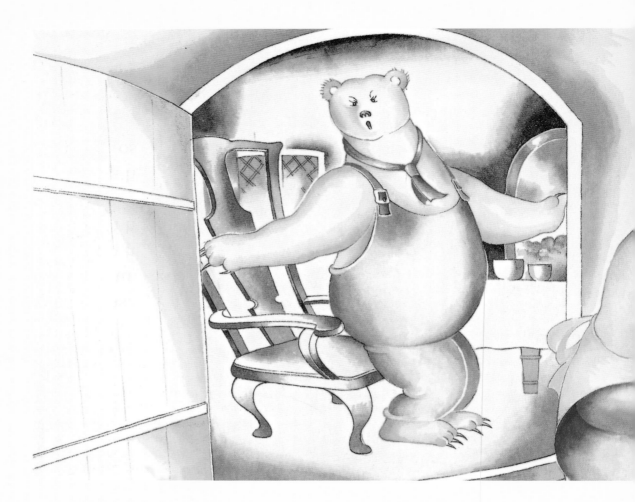

Papá oso decidió sentarse para pensar, y rápidamente se levantó de un salto.

"¿Quién ha estado sentado en mi silla?" gruñó.

"¿Quién ha estado sentado en mi silla?" gruñó mamá oso.

"¿Quién ha estado sentado en mi silla?" chilló el pequeño osito. "¡Está rota!"

Father Bear started to sit down to think, and quickly jumped up!

"Who's been sitting on my chair?" he growled.

"Who's been sitting on my chair?" growled Mother Bear.

"Who's been sitting on my chair?" squeaked Little Baby Bear.
"It's broken!"

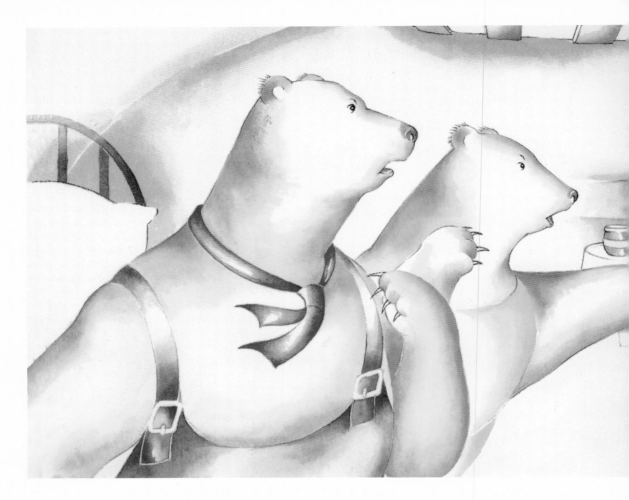

Luego los tres ositos subieron las escaleras.

"¿Quién ha estado durmiendo en mi cama?" dijo papá oso.

"¿Quién ha estado durmiendo en mi cama?" dijo mamá oso.

"¿Quién ha estado durmiendo en mi cama?" chilló el pequeño osito.

"¡Mira! ¡Ella aún está aquí!"

Then the Three Bears went upstairs.

"Who's been sleeping in my bed?" said Father Bear.

"Who's been sleeping in my bed?" said Mother Bear.

"Who's been sleeping in my bed?" squeaked Little Baby Bear.

"Look! She's still there!"

Ricitos de Oro se despertó y vio a los tres ositos.

Rápidamente, saltó de la pequeña cama y corrió escaleras abajo tan rápido como pudo.

Ella corrió fuera de la casa de los tres ositos hasta llegar a su casa y nunca fue a pasear al bosque otra vez.

Goldilocks woke up and saw the Three Bears.

Quickly, she jumped out of the little bed and ran downstairs as fast as she could.

She ran out of the Three Bears' house all the way to her home, and never went walking in the woods again.

NOTA PARA LOS PADRES

La colección *Mi primer cuento de hadas*, está diseñada especialmente para ayudar a mejorar el vocabulario y la comprensión lectora de los niños. Las siguientes actividades, le ayudarán a comentar el cuento con sus hijos, y hará la experiencia de leer más placentera.

NOTE TO PARENTS

The *First Fairy Tales* series is specially designed to help improve your child's literacy and reading comprehension. The following activities will help you discuss the story with your child, and will make the experience of reading more pleasurable.

Aquí hay algunas palabras claves del cuento. ¿Puedes leerlas?
Here are some key words in the story. Can you read them?

el oso / bear

la casa / house

la niña / girl

las gachas de avena / porridge

el cuenco / bowl

el bosque / woods

la silla / chair

la cama / bed

duro / hard

blando / soft

¿Cuánto puedes recordar de la historia?

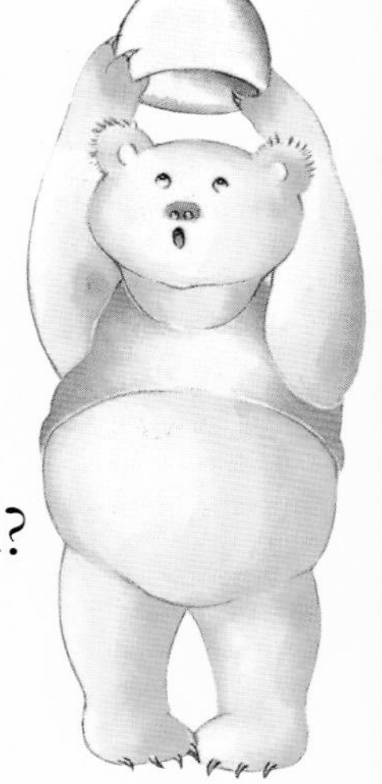

¿Por qué los tres ositos deciden ir a caminar?

¿Qué encontró Ricitos de Oro cuando entró en la casa de los tres ositos?

¿En cuántas sillas se sentó Ricitos de Oro?

¿Qué pasó cuando Ricitos de Oro se sentó en la tercera silla?

¿Qué pasó con las dos primeras camas?

¿Dónde encontraron los tres ositos a Ricitos de Oro?

¿Qué hizo Ricitos de Oro cuando se despertó?

How much of the story can you remember?

Why did the Three Bears decide to go for a walk?

What did Goldilocks find when she went into the Three Bears' house?

How many chairs did Goldilocks sit on?

What happened when Goldilocks sat on the third chair?

What was wrong with the first two beds?

Where did the Three Bears find Goldilocks?

What did Goldilocks do when she woke up?